# LES MÉDITATIONS
# D'UN CROQUE-MORT

## QUI CHOME

### OU

## LA CROQUE-MORTO-MANIE POÉTISÉE

BOUTADE JUSTIFIÉE PAR LES MOTIFS QUI ONT OCCASIONNÉ LA PRÉTENDUE *Grève des Porteurs* DE ROUBAIX, SAINT-OMER, BAPAUME, etc., etc.,

ET PAR LA

## Création du Grand Cimetière Parisien

à *MÉRY (Seine-et-Oise).*

Poème Héroïco-Morto, divisé en deux chants.

### Par M. Édouard de GÉNÉRÈS

Membre de la Société des Gens de Lettres.

## PARIS

### CHEZ TOUS LES LIBRAIRES

MAI 1867

# LES MÉDITATIONS

# D'UN CROQUE-MORT

## QUI CHOME

OU

## LA CROQUE-MORTO-MANIE POÉTISÉE

BOUTADE JUSTIFIÉE PAR LES MOTIFS QUI ONT OCCASIONNÉ LA PRÉTENDUE *Grève des Porteurs* DE ROUBAIX, SAINT-OMER, BAPAUME, etc., etc.,

ET PAR LA

## Création du Grand Cimetière Parisien

à MÉRY (Seine-et-Oise).

Poème Héroïco-Morto, divisé en deux chants.

### Par M. Édouard de GÉNÉRÈS

Membre de la Société des Gens de Lettres.

## PARIS

### CHEZ TOUS LES LIBRAIRES

MAI 1867

Paris. — Imp. VOQUET, rue des Fosses-Saint-Jacques. 11.

# AVANT-PROPOS.

A l'instant même où nos légistes se préoccupent, *summæ angustiæ*, de la création d'une Nécropole nouvelle, à la grande joie des habitants de la bonne ville de Paris qui, bientôt, n'auront plus à craindre l'horrible promiscuité de la fosse commune, et, mieux encore : *l'épouvantable perspective d'être enterrés vivants*, (1) ce poème, qui semble n'être qu'une étincelle échappée d'un cerveau pris de vertige, ou de la pioche d'un fossoyeur, n'est point une œuvre intempestive.

Mais quelles que soient les rudes pensées qu'il renferme, que le lecteur ne nous accuse pas d'avoir voulu porter atteinte à l'honorabilité bien établie des agents préposés *aux Pompes funèbres*, ces braves desservants de la mort, si dévoués à l'accomplissement de leur mission fatale ..

Les circonstances nous ont mis à même de suivre, pas à pas, toutes les évolutions de l'implacable, mais utile administration qui procède chaque jour à Paris, à l'exécution des pieux devoirs que la civilisation

---

(1) Voir l'ouvrage de **M. Léon Vafflard**, *Observations sur les inhumation s précipitées.*

commande, et nous avons jugé de l'excellent esprit qui la gouverne; pour se convaincre de sa bonne organisation, il suffit de voir avec quel ordre, et quelle précision s'exécutent ses nombreux services sous les yeux de son directeur. Depuis plusieurs années, déjà, M. Léon Vafflard, homme de tact et de haute intelligence, a tout étudié, tout prévu, non seulement pour le présent, mais encore pour l'avenir; sa correspondance active avec l'autorité supérieure, et toujours en vue d'obtenir des améliorations nouvelles, les ouvrages qu'il a publiés à cet effet, le dernier surtout (1) nous donnent l'étendue de sa compétence en pareille matière par les détails, les observations, et l'esprit de saine législation qui s'y rencontrent.

Certes la Direction d'une Entreprise si sévère et de si grande importance, ne pouvait être confiée à un praticien plus habile, plus consciencieux et plus expérimenté, son administration ne peut donc être que digne d'éloge quoi qu'en dise la critique ignorante qui s'attaque quelquefois à ses prérogatives.

Mais dans cette administration, comme dans toute autre, la hiérarchie du personnel existe; il y a là des grands et des petits; il le faut, cela doit être, sans

---

(1) *Notice sur les champs de sépultures anciens et moder-nes de la ville de Paris*, (en vente à la librairie internationale.)

cet ordre de choses il n'y aurait point de société pos-
sible, mais si l'égalité n'est point dans la vie, elle est
dans la mort; avant peu cette vérité sera mieux
comprise..., elle deviendra *sentence universelle, et
tuera le sot orgueil de l'humaine espèce*, car à partir
de 1867, on ne dira plus : — *de notre ère*, mais de
*l'ère des Cimetières*.....

Revenons à nos petits.

On ne niera pas que les préoccupations de la vie
matérielle ne portent l'homme à compter avec lui-
même en prévision des événements qui peuvent adve-
nir, et répondre à l'idée qu'il s'est faite, d'atteindre
à ce prétendu *bien être* qui devient l'objet constant
de ses rêves insensés; il espère la réussite, il ne pré-
voit pas la déception !...

Naturellement les conséquences d'une existence
qui n'offre qu'une impasse envahie par la misère,
fait descendre l'homme aux corvées les plus tristes,
les plus pénibles et les plus infimes, qu'importe :

*On finit par aimer un métier qui fait vivre.*

C'est ce que l'auteur de la *Croque-morto-manie*
a voulu prouver..., peut-être a-t-il employé des cou-
leurs un peu vives pour faire ressortir les images de
sa funèbre *monologie*, mais n'a-t-on pas déjà dit: *la
poésie est comme la peinture, elle aime à briller
par des fictions* !

L'auteur, disons-nous, a voulu démontrer jusqu'à

l'évidence qu'un *Porteur*, improprement appelé *Croque-mort*, pouvait se livrer aux fonctions qu'il avait adoptées, en désespoir de cause, avec âutant d'amour, de zèle, d'ardeur et de fanatisme, que peut en avoir le boursicotier de nos jours à suivre les fluctuations de la bourse, alors qu'il désire que la *hausse* ou la *baisse* vienne le favoriser.

EDOUARD DE GÉNÉRÈS.

# LES MÉDITATIONS
## D'UN CROQUE-MORT QUI CHOME

Nisi plena cruoris hirudo.

### I.

Dans un sombre réduit qu'on ne saurait décrire,
Un homme aux yeux rougis par le feu du délire,
Vociférait un hymne à l'ange des tombeaux:
« O mort ! s'écriait-il, d'une voix lamentable,
« Tu sais quels sont mes vœux, n'es-tu donc plus capable
    « De m'envoyer des corps nouveaux ?

### II.

« Convenons entre nous d'une étroite alliance...
Pour prix de mon encens cède à ma vive instance :
Et livre-moi les corps des opulents du jour.
Que vingt-cinq ans encor ma profonde escarcelle
De l'or des grands convois reçoive l'étincelle,
    O mort ! Je t'aimerai d'amour !

### III.

« Ne crains pas de frapper, que ta main lourde et sèche
Fasse glisser ta faulx, qui jamais ne s'ébrèche,
Sur tout ce qui respire au sein de nos cités,
Mais parmi ces mortels que ta main peut abattre,
Sur cinq qui tomberaient, qu'il s'en trouve au moins quatre
    Riches, puissants et respectés.

## IV.

« Ne les épargne pas, l'or autour d'eux scintille,
Les regrets... ou plutôt l'orgueil de leur famille
Sera toujours propice à mon avidité.
Que m'importe le mort, qu'il soit ou non célèbre,
Pourvu que l'or préside à la pompe funèbre
     Je le signale avec gaîté !...

## V.

« Je ne déteste pas, tant s'en faut, grands et riches,
A nous jeter de l'or ils ne sont jamais chiches,
Pour nous venir en aide un appel leur suffit,
Mais moi, pauvre envieux, que le trépas menace,
Soumis aux volontés d'une âme trop rapace,
     J'aspire à quelqu'autre profit...

## VI.

« Paris a vu tomber cette longue muraille
Qui resserrait ses flancs et comprimait sa taille,
Paris s'est augmenté de plus d'un citoyen,
Mais hélas ! la plupart, que sont-ils sur la terre ?
Des Parias sans nom, enfants de la misère,
     Leur mort ne nous rapporte rien !

## VII.

« De ce sol annexé, refuge de la plèbe,
Garde-toi d'explorer, ô fille de l'Érèbe,
Le taudis privé d'or où grouillent les haillons;
Pour quelques habitants qui peuvent nous complaire,
Il en est mille et plus, dont on ne peut rien faire...
     Va faucher dans d'autres sillons...

### VIII.

« Mon rêve, le voici : désastres et ravages !
Verrai-je quelque jour s'abattre sur nos plages
Un typhus inconnu, quelque peste sans nom!...
Plus d'un pourrait souffrir, de ce fléau sublime,
Mais alors il faudrait qu'il ne prît pour victime,
   Que l'or qui fuit..... le cuivre non !

### IX.

« Allons, fauche et fais bien, surtout point de méprise,
Ne t'attaque jamais à ceux à qui l'Église
Donne toujours gratis l'eau de ses bénitiers,
Mais bien aux favoris de l'aveugle fortune,
Ceux-là ne sont pas nés pour la Fosse commune. .
   On peut tâter leurs héritiers...

### X.

« Courage, ô ma déesse, et poursuis ta carrière,
Reste insensible et sourde à la tendre prière
Que pourrait murmurer la voix de l'amitié.
En dépit de ses pleurs, en dépit d'Esculape,
Que pas un moribond, quel qu'il soit, ne t'échappe,
   La mort doit être sans pitié...

### XI.

« Prends ton vol, suis de près la bruyante machine
Rivale de l'éclair et qui toujours chemine
Sur des sentiers ferrés sillonnant nos chemins,
Lorsque l'emportera la vapeur qui la guide,
Attends... puis au plus fort de son élan rapide,
   Renverse-la sous tes deux mains.

## XII.

« Tu choisiras ce jour où la masse roulante
Contiendra dans ses flancs cette foule brillante
Qui court avec son or au devant du plaisir.
Ce jour là que ta voix, à nulle autre pareille,
Vienne jeter ces mots au fond de mon oreille :
    « Cent voyageurs ont dû périr ...

## XIII.

« Cette œuvre te mettrait au niveau de la foudre,
L'esprit du fatalisme existe, il doit t'absoudre,
Agis donc... on dira : — c'était un coup du sort...
Et moi tout en criant : ô catastrophe affreuse!
Je saurais m'arranger pour que ma bourse creuse
    En retire au moins un peu d'or.

## XIV.

« Nul n'oserait, sans doute, être assez misérable
Pour t'adresser, hélas, ce conseil exécrable ;
Il est pourtant logique aux yeux de nos Porteurs.
Car l'homme doit tomber, si ta faulx est docile,
Comme l'épi doré tombe sous la faucille
    Du plus ardent des moissonneurs.

## XV.

« Qu'on pardonne au désir qui m'anime et m'obsède,
Il maîtrise mon âme, et mon âme lui cède,
Pour qu'il soit fructueux, je risquerai la hart,
D'ailleurs sachez le bien, quoi qu'on fasse ou qu'on dise,
Je regarde un convoi comme une marchandise,
    Dont je dois prendre aussi ma part.

## XVI.

« Vive à jamais Paris où tout se régénère !
Il n'aura bientôt plus qu'un seul champ funéraire,
Noble combinaison pour notre humanité !
Là du moins le porteur obtiendra l'avantage
De n'être plus forcé d'adopter un langage...
      Celui de la mendicité !...

## XVII.

« Pour un grain d'or j'irai de l'un à l'autre pôle,
L'or entre avec la mort dans chaque Nécropole ;
Je conserve l'espoir d'en trouver à Méry (1).
J'ai hâte d'explorer les campagnes de l'Oise,
Et si quelque beau jour je m'enivre à Pontoise,
      C'est que Méry m'aura nourri !!!

---

C'est ainsi que chantait notre vampire avide,
Mais sa voix s'éteignit dans sa poitrine vide,
Et la mort sans pitié, l'abattit à son tour.
Peut-être mourut-il bercé par l'espérance...
Ce doux rayon de l'âme, enfant de la croyance,
      Qui nous suit jusqu'au dernier jour.

FIN DU PREMIER CHANT.

---

(1) Méry (Seine-et-Oise) localité où l'on doit établir le grand cimetière Parisien.

# CHANT DEUXIÈME.

### SOMMAIRE :

Notre croque-mort est décédé peu de jours avant le carnaval de 1867; nous le retrouvons en costume de *porteur* sur les bords de l'Achéron. Sa pantomime témoigne de la colère qu'il éprouve à l'aspect du petit nombre d'émigrants contenus dans la nacelle du Nautonnier funèbre ; enfin, ne pouvant maîtriser son indignation, et fidèle à ses souvenirs, il interpelle encore la mort.

## I.

« En ça, vieille édentée, horrible créature,
As-tu donc décliné tes droits sur la nature?
Ou sur quelque vieux crâne as-tu brisé ta faulx ?
On me dit que l'encens que l'on brûle à l'Eglise,
Commence à t'attendrir… qu'il t'aveugle et te grise
     Ce qui te fait frapper à faux !…

## II.

« Ne vas-tu pas tomber dans la sensiblerie?
La mort! pleurer un mort! quelle plaisanterie!
C'est à pouffer de rire, et l'on n'y croira pas…
Quoi! malgré ton nez plat, et ta bouche béante,
Ton orbite sans flamme et ta maigre charpente,
     L'encens t'offrirait des appâts !…

## III.

« O Duègne ! il te sied bien de faire la coquette…
Faudra-t-il te fournir des coussins de moquette,
T'acheter des bijoux? te monter un boudoir?
Voici le carnaval où chacun se déguise,
Veux-tu pour te mirer des glaces de Venise !
     Tu seras belle au bal ce soir !…

### IV.

« Mais pour mieux éblouir cette foule dansante,
Que pourrait effrayer ta pâleur incessante,
Du carmin le plus pur fais emplète *illico;*
Et chez le successeur d'Aliseau (1), quai Voltaire,
Fais-toi mettre deux yeux du plus doux caractère,
    Et va polker chez *Pilodo.*

### V.

« Surtout, pour ton début, évite les sottises...
Sous un châle à longs plis, cache tes ailes grises,
On souffre tout au bal, sauf les chauves-souris.
Puis, pour dissimuler le bas de ton échine,
Endosse vingt jupons, mets une crinoline,
    Ce masque abuse tout Paris.

### VI.

« Quand l'archet, le trombonne et le piston sonore,
Vibreront dans le temple où règne Terpsichore,
Minaude, fais la chatte, on te remarquera...
Mais, hélas! je crains bien que mordu par ta griffe,
L'habit de tes danseurs ne soit plus qu'une chiffe
    Avant la fin d'une polka.

### VII.

« Un bal est fréquenté, j'en ai su quelque chose.......
Par de galants danseurs qui n'ont point d'amaurose,
Gens hardis, égrillards, et tous fils de Paphos.
Si l'un d'eux s'éprenait de ta désinvolture,

---

(1) Ancien naturaliste.

Qu'il voulût profiter de sa bonne aventure,
        Comment cacherais-tu tes os?...

### VIII.

« Si pris de ce désir que nul souci n'arrête,
Il t'offrait le souper, ce charmant tête à tête,
Où l'âme s'illumine, où l'homme devient fou?
Quel effet produirait sur cet homme en liesse,
Un corps tel que le tien?... Il te faudrait, déesse,
        Lui tordre incontinent le cou.

### IX.

« Allons, vieux monstre ailé, ne donne plus à rire;
Reprends tes attributs, renonce au cachemire,
Aux attraits d'un plaisir si futile et si vain.
Dieu t'a fait immortel en un jour de colère,
Tu n'existes, vois-tu, sur ce bas hémisphère,
        Que pour saper le genre humain.

### X.

« Lorsque tu m'as surpris sur ce globe d'argile,
Si souvent retourné par l'esprit mercantile,
J'étais ce qu'on appelle un croque-mort soigneux...
Nul autre mieux que moi ne savait mettre en bière,
Par amour et par goût j'aurais clos la paupière,
        De tout ce qu'animaient les cieux.

### XI.

« Mais hélas! aujourd'hui, je ne suis plus qu'une ombre,
Devais-tu m'enchaîner sur ce rivage sombre,
Me priver du bonheur que je goûtais là haut?
Mes bras sont inactifs... parmi nos faces blêmes,

Je ne vois rien venir... ce sont toujours les mêmes,
    O mort ! tu m'as frappé trop tôt ! ..

XII.

« Ici ma voix est sourde, et perd de son empire,
Là bas tu m'écoutais, et tu savais souscrire
Aux vœux que je formais pour la mortalité !
Car par toi, chaque jour, une senteur mortelle,
Pénétrait mes poumons, dilatait ma prunelle...
    C'était ma seule volupté !...

XIII.

« La foule m'entourait, je dévorais ses larmes,
Ses soupirs, ses sanglots ne m'offraient que des charmes,
O jours nauséabonds, vous ne reviendrez plus !...
L'impitoyable arrêt qui gouverne le monde,
Se rit de mes fureurs... de ma voix furibonde,
    Et mes regrets sont superflus...

XIV

« Du moins si je ne puis reprendre mon service,
A mes noirs compagnons donne un rude exercice...
D'ici j'applaudirai leurs travaux journaliers...
C'est donc à toi, Déesse, à frapper sans relâche;...
Pour me dédommager je m'impose la tâche
    D'entasser les morts par milliers !

MORALITÉ.

A vous, coureurs de bals, à vous cet apologue,
Et que votre bon sens y donne quelque vogue...

En vous l'offrant je fais acte de charité.
La mort, pour vous saisir, vise aux métamorphoses. .
On peut la rencontrer sous des touffes de roses,
    L'hiver au bal... aux champs l'été.

    Cela veut dire aussi que souvent la misère
Fait naître au fond des cœurs cet incurable ulcère
Que l'on nomme *l'envie*, ou la *cupidité*,
A qui la faute, hélas! elle est au premier homme!...
S'il n'eût pas dévoré la moitié d'une pomme,
    Nous n'aurions pas *l'adversité*.

**FIN.**